# ÉCHOS

PAR

P. T. GONTARD

« Soyez comme l'oiseau posé pour un instant
« Sur des rameaux trop frêles ;
« Qui sent ployer la branche et qui chante pourtant,
« Sachant qu'il a des ailes !

(V. HUGO.)

# ÉCHOS.

# ÉCHOS

PAR

P. T. GONTARD

« Soyez comme l'oiseau posé pour un instant
« Sur des rameaux trop frêles ;
Qui sent ployer la branche et qui chante pourtant,
« Sachant qu'il a des ailes ! »

(V. Hugo.)



BISCHWILLER,

IMPRIMERIE TYPOGRAPHIQUE DE FR. POSTH, RUE DES MERCIERS, 34.

1864.

# NOTRE BUT.

Cet ouvrage n'est point destiné dans notre pensée à devenir un livre de classe proprement dit.

Sans doute, nous nous estimerons fort heureux de l'avoir publié s'il peut être de quelque utilité dans nos écoles; toutefois, nous tenons à déclarer que nous ambitionnons pour lui une autre fortune.

Nous préférons lui voir occuper une place amie au foyer domestique, sur la table de famille, s'adressant à tous sans distinction d'âge, depuis le vieillard chargé d'années, jusqu'à l'enfant qui commence à prendre goût à la lecture.

Voilà toute notre ambition.

Puissions-nous la voir réalisée dans une certaine mesure!

P. T. G.

*Bischwiller (Bas-Rhin). — Décembre 1864.*

## TABLE DES MATIÈRES.

## L'HIRONDELLE.

«Où va ce petit oiseau,
Quand il quitte le hameau ?»
Disait un fils à sa mère.
«Va-t-il en terre étrangère,
Chercher un toit plus béni,
Pour y suspendre son nid ?
Pourquoi dans cette saison
Quitte-t-il notre maison? »

— «Mon enfant, reprit la mère,
« Regarde vers ces grands bois ;
Leurs feuilles jonchent la terre ;
Les oiseaux n'ont plus de voix.

Dans l'air plus de doux murmure,
Plus de chants mélodieux;
C'est le deuil de la nature :
Vois, tout est mort sous nos cieux !
Voilà pourquoi l'hirondelle,
Quand tout meurt autour de nous,
Au loin fuit à tire-d'aile,
Pour chercher des cieux plus doux. »

De notre vie, enfant, l'hirondelle est l'image:
Nous sommes ici-bas des oiseaux de passage,
Et quand le long sommeil vient nous fermer les yeux,
Nous prenons notre essor vers le séjour des cieux.

Août 1854.

## LE CHÊNE ET LE HOUX.

C'était un jour d'hiver; Théophile et son père
Suivaient en grelottant la lisière du bois;
Il faisait froid; un blanc linceuil couvrait la terre,
Et l'enfant soupirait, en soufflant dans ses doigts.
Tout à coup, s'arrêtant et rompant le silence:
— Père, s'écria-t-il, regarde donc là-bas!
Vois-tu ce buisson vert que la bise balance,
Le seul que la saison ne nous dépouille pas?
Quel est, dis-moi, le nom de ce petit arbuste? —
— Mon enfant, c'est le houx; il résiste à l'hiver,
Tandis que son voisin, ce chêne au front auguste,
A vu depuis longtemps se disperser dans l'air
Les restes tout jaunis de son pompeux ombrage.

Du juste et du méchant tu vois ici l'image :
L'un dans l'humilité conserve sa parure,
Quand le vent de la mort a soufflé sur ses jours ;
L'autre se fane et meurt. Souvent dans la nature,
Ces rencontres pour nous sont d'éloquents discours.

Décembre 1854.

## PRIÈRE DE L'ENFANT A SON COUCHER.

Quand la nuit s'étend sur la terre,
Que tout se tait autour de nous,
Je me prosterne à deux genoux,
Pour faire au Seigneur ma prière.

Je le prie afin qu'il pardonne
Mes offenses de chaque jour,
Et puis aussi pour qu'il me donne
Un cœur rempli de son amour.

Je loue et sa grâce éternelle
Et tous les soins qu'il prend de moi ;

Je lui dis qu'il donne à ma foi
Une force, une ardeur nouvelle.

Je le prie aussi pour mon père,
Pour mes frères, mes sœurs chéris;
Pour qu'il me conserve ma mère,
Pour qu'il bénisse mes amis.

Je demande qu'il se revèle
Aux malheureux vivant sans lui,
Et qu'il accorde son appui
A ceux dont la vertu chancelle.

J'invoque ce Dieu secourable
Pour qu'il hâte ces temps heureux,
Où toute la terre habitable
Servira le grand Roi des cieux.

Puis, me confiant à sa garde,
En paix et content je m'endors.
Qu'aurais-je à craindre du dehors?
Je sais que son œil me regarde!

Avril 1855.

## L'ORPHELIN.

« O ma mère, sois mes amours
« Toujours! »
(Mme Mallet.)

Quand j'étais tout petit, ma mère avec tendresse,
Le soir, en m'embrassant, me répétait sans cesse:
— Mon enfant, vers Jésus tourne ton jeune cœur!
Puis elle redisait ces doux mots à ma sœur.
Avant que le sommeil eût fermé sa paupière,
Elle joignait nos mains et faisait la prière. —
— Oh! qu'elle priait bien! Je crois encor l'entendre
Nous dire à tous les deux de sa voix chère et tendre:
— Que Dieu soit avec vous! qu'il vous donne sa paix!
Aimez-le, chers enfants, ne l'oubliez jamais! —

Maintenant, je suis seul, et je n'ai plus ma mère:
Pour aller vers son Dieu, elle a quitté la terre;
Mais quel que soit le vent qui souffle sur mes jours,
Comme un ange gardien me suivront ses discours.
Elle prit en partant mes deux mains dans la sienne,
Et me disant *adieu*, elle ajouta tout bas:
— Dieu te reste, mon fils, il guidera tes pas!

Oh! bienheureux l'enfant dont la mère est chrétienne!
Dès ses plus jeunes ans il connaît la douceur,
L'amour, la charité de Jésus son Sauveur.
Aux leçons du salut ouvrant un cœur docile,
Sa mort comme sa vie est heureuse et tranquille.

Juin 1855.

## LA GUERRE.

Frère, qu'entends-je au loin? écoute!.. du tonnerre
Ne sont-ce pas, dis-moi, les sourds mugissements?
— Non, ma sœur, ce grand bruit qui fait trembler la terre
Et semble l'ébranler jusqu'en ses fondements,
C'est le bruit des combats! Sur un prochain rivage,
Des frères à l'instant se déchirent entre eux;
La plaine se transforme en un champ de carnage.
— Des frères! se tuer! ils sont bien malheureux!
— Hélas! oui, tu l'as dit, leur malheur est extrême!
Que d'âmes, rappelées en un jour d'ici-bas,
Paraissent à cette heure au tribunal suprême!
Ma sœur, vite à genoux, prions pour nos soldats!

O Jésus! Sauveur débonnaire,
Qui pour nous luttas sur la croix,
Mets fin désormais à la guerre!
De ces canons éteins la voix!
Qu'à ton ordre la paix surgisse
Entre les peuples en tout lieu!
Que ta charité les unisse!
Comme les enfants d'un seul Dieu!
Et quant à ceux que la souffrance
Dévore loin de leurs climats,
Sois leur force et leur espérance!
O Seigneur! sauve nos soldats!

Décembre 1855.

## L'ÉCOLE DU DIMANCHE.

Philippe, dis-moi, je te prie,
Où tu vas d'un air si joyeux?
Vas-tu sauter dans la prairie,
Avec nos compagnons de jeux?
— Non, Charles, je vais à l'école.
— Le dimanche, plaisantes-tu?
— Nullement, crois-moi sur parole!
Viens-y plutôt!
                    — Est-on battu?
— Oh! jamais!
                    — Ah! Pour quel usage
Ce livre que ta main soutient?

— J'apprends pour devenir bien sage
Les bonnes leçons qu'il contient.
— Que dit-il ?
— Il dit qu'il faut vivre
Pour aimer Dieu d'un pur amour;
Il trace le chemin à suivre
Pour arriver au ciel un jour.
— Vraiment !
— Vraiment !
— Mais à l'école !
De quoi donc vous occupez-vous ?
— Nous lisons la Sainte Parole,
Et le maître prie avec nous;
Puis nous chantons de beaux cantiques.
Si tu savais qu'on est content !
— Si c'est comme tu me l'expliques,
Partons ! je te suis à l'instant.

Enfants, imitez cet exemple !
Quand vient le saint jour du Seigneur,
Joyeux, rendez-vous dans son temple
Pour l'adorer avec ferveur !

Jésus, votre ami, votre maître,
Vous tend les bras du haut des cieux :
Allez apprendre à le connaître,
Allez! et vous serez heureux!

6 Mai 1856.

## UN PEU D'EAU — BEAUCOUP D'AMOUR.

« Le pêcheur a la barque où l'espoir l'accompagne;
« Les cygnes ont le lac, les aigles la montagne ;
« Les âmes ont l'amour! »

(V. Hugo.)

I.

Enfant, vois cette fleur par le soleil flétrie;
Elle vient de s'épanouir;
Et déjà sans parfum sur sa tige accroupie,
Regarde! elle s'en va mourir!

Fraîche, elle souriait, au lever de l'aurore,
A ses compagnes, à ses sœurs;
Elle courbe la tête, elle se décolore;
Adieu, les riantes couleurs!

Ton jeune cœur s'émeut, tu plains sa destinée;
Tu verses des pleurs sur son sort;
Tu voudrais pouvoir rendre à cette fleur fanée
Sa beauté, son gracieux port!

Eh bien! charmante enfant, contente ton envie :
A son pied répands un peu d'eau!
Tu la verras soudain revenir à la vie,
Et briller d'un éclat nouveau!

## II.

Dieu qui fit pour la fleur, jaillir de dessous terre
L'onde qui lui rend la beauté,
Fit pour les cœurs l'*amour*, fleuve qui désaltère
Notre soif de félicité.

Il est pour l'âme aussi des jours de sécheresse,
Où tout en elle se flétrit,
Des jours où, succombant sous le poids qui l'oppresse,
Languissante, elle dépérit.

De même qu'à la fleur, il lui faut un breuvage
Pour l'arracher au noir séjour;
Il lui faut, chère enfant, l'Océan sans rivage,
Jésus, et son immense amour.

28 Janvier 1856.

## LA BOITE A CAILLOUX.[1]

« L'église y cacha ses enfants. »
(ANDRIEUX.)

Salut! vallon sacré, rustique sanctuaire,
Asile protecteur de nos braves aïeux!
Salut! temple creusé dans le sein de la terre
Par la main de celui qui compassa les cieux!

(1) Espèce de vallon où les protestants de quelques villages du nord de la France tenaient leurs assemblées pendant les persécutions religieuses du 16e et du 17e siècle.

Je ne sais quoi de grand, d'impossible à décrire,
S'empare de mon âme à ton sévère aspect;
Mais en foulant ton sol, que le sillon déchire,
Je me sens malgré moi saisi d'un saint respect.

Pourquoi m'inspires-tu cette sorte de crainte?
Qui te donne à mes yeux cet air de majesté?
Est-ce quelque mystère enfoui dans ton enceinte,
Trop sublime, trop saint pour notre humanité?

Je ne viens pas ici, respectable retraite,
D'un souffle sacrilége insulter à ton nom.
Je ne suis pas de ceux dont la voix indiscrète
Oserait profaner ton repos, ô vallon!

Je ne suis pas de ceux pour qui tout est chimère,
Excepté leur orgueil, dont ils ont fait leur Dieu;
Je ne suis pas de ceux qui narguent le Calvaire,
Et qui perdent leur âme à cet horrible jeu!

Non, non, béni soit Dieu! si la foule le nie,
Mon cœur en a besoin pour trouver le repos;
Partout où je le sens ma ténébreuse vie
S'illumine soudain de mille feux nouveaux.

Tu me parles de lui, de ce Dieu que j'adore,
Silencieux vallon, car tu retiens mes pas;
Oh! dis-moi le secret pour lequel je t'implore;
Mon cœur quoique souillé ne le trahira pas !

## II.

— Mortel, jusque dans la poussière,
En silence courbe ton front!
Ce que j'accorde à ta prière
Songe que les cieux l'entendront.
Si c'est curiosité vaine,
Qui dans mes flancs sacrés t'amène,
Tremble! tu porteras la peine
De ton sacrilége désir!
Si tu viens, selon ta promesse,
Rendre à la suprême sagesse
Hommage, malgré ta faiblesse,
Le Seigneur saura te bénir!

Ecoute ma voix vénérable,
Muette depuis bien longtemps,

Sans troubler par un mot coupable
La pureté de mes accents!
Ce qu'aujourd'hui je vais t'apprendre,
Jamais homme pour le comprendre,
Ici n'est venu se répandre
En vives supplications ;
Incline-toi dans cette enceinte!
La terre sous tes pieds est sainte :
N'entends-tu pas comme une plainte
Murmurer... persécutions ! ! !

Oui, dans ces temps de barbarie,
Où les plus infernales lois
Proscrivaient loin de leur patrie
Les adorateurs de la Croix;
Dans ce temps d'ignoble mémoire,
Tache de sang dans notre histoire,
Où le Grand Roi plaçait sa gloire
A traquer ses meilleurs sujets,
Comme autant d'animaux immondes,
J'ouvris mes entrailles profondes,

Aux fronts ridés, aux têtes blondes,
Qui fuyaient les fers, les gibets.

Le pauvre abandonnait son chaume
A des hordes de scélérats;
Le riche quittait le royaume,
Poursuivi par de vils soldats!
Partout ce n'était que carnage,
Assassinats, meurtres, pillage;
Sexe, pudeur, innocence, âge,
Ces bourreaux ne respectaient rien,
Et le souverain sanguinaire
Qui voulait cette infâme guerre,
Se croyait quelque Dieu sur terre,
Et s'appelait: *Roi très-chrétien!*

Pour que sa royale colère,
Frappant ses sujets par milliers,
De leur sang abreuvât la terre,
Qu'étaient-ils? de grands meurtriers?
Non, jamais ce peuple candide
N'avait pris le fer homicide,
Que pour s'élancer intrépide

Contre l'ennemi de son roi.
Leur crime atroce, irrémissible,
Aux yeux du monarque terrible,
Etait de n'avoir que la Bible
Pour unique règle de foi!

Les plus effroyables supplices
Punissaient alors ce délit,
Quand les plus honteux artifices
Ne pouvaient pervertir l'esprit;
Mais, fidèles à leur croyance,
Ces objets d'horreur pour la France,
Etaient joyeux dans la souffrance,
Et scellaient leur foi de leur sang!
Ils avaient appris du Saint Livre
Quel est le chemin qu'il faut suivre,
Et préféraient cesser de vivre,
Que d'outrager le Tout Puissant!

Ceux qui pouvaient sauver leur vie
Couraient de désert en désert,
Où l'inquisitoire furie
Les décimait avec le fer;

Errant dans les lieux solitaires,
Ils célébraient les saints mystères,
Que des décharges meurtrières
Venaient interrompre souvent;
Dans l'épaisseur des bois antiques,
Ces persécutés héroïques
Mêlaient le chant de leurs cantiques
Aux balles sifflant sur le vent.

Que de fois ma gorge isolée
A tressailli de leurs accords,
Lorsqu'en imposante assemblée,
Ils la remplissaient jusqu'aux bords !
Ils ne sont plus ! mais leur courage
De l'oubli bravera l'outrage ;
Leurs hauts faits seront d'âge en âge
Un objet d'admiration !
Toi, qui vois des temps plus prospères
Que ceux qu'ont illustrés tes pères,
Imite les vertus austères,
D'une autre génération !

8 Décembre 1856.

## LA BIBLE DU SOLDAT.

« Combats le bon combat. »
(1 Tim. VI, 12.)

C'était sur le déclin d'un jour brûlant d'été ;
Le roi du firmament, quittant notre hémisphère,
Déployait au couchant toute sa majesté,
Et semblait à regret fuir notre vieille terre;
Cette douce fraîcheur, qui prélude à la nuit,
S'élevait par degrés des humides prairies;
C'était l'heure où le calme, en succédant au bruit,
Ouvre à l'esprit humain le champ des rêveries.

Assis sur sa valise, au sommet du côteau,
Un soldat achevait son étape dernière;
Il fixait l'horizon inondé de lumière,
Puis dans l'ombre, à ses pieds, son paisible hameau.

Débris tout mutilé de cette grande armée
Qui s'immortalisa aux guerres de Crimée,
Il revenait mourir sous le toit paternel.
En revoyant ces lieux après cinq ans d'absence,
Il songeait aux nombreux amis de son enfance
Arrachés pour jamais au baiser maternel!
Il lui semblait ouïr encor les cris d'alarmes,
L'épouvantable choc des rangs contre les rangs,
Le strident cliquetis des homicides armes,
Les plaintes des blessés, le râle des mourants.

Tout un passé sanglant renaissait dans son âme,
Les yeux levés au ciel, on eût dit qu'il priait.
Un bruit de pas s'entend : il regarde, une femme,
En lui disant *bonsoir*, doucement souriait.
Il reconnaît sa voix. — « Quoi! c'est vous, Madeleine?
— Moi même, oui, Monsieur! Mais n'est-ce pas Henri?
— Bien lui, vous dites vrai, excellente marraine.
— Si ta mère savait que son enfant chéri... ! »
Elle n'acheva pas; joyeux, ils s'embrassèrent.
— Partons, dit le soldat, et leurs bras s'enlacèrent. —
— Le jour ne jetait plus que de faibles lueurs. —

Tout en chemin faisant, la bonne Madeleine
Interrogeait Henri sur la guerre lointaine.
Chaque mot du soldat faisait couler ses pleurs.
— Pauvre enfant, disait-elle, hélas! quel sort horrible!
Seul! seul avec la mort en pays ennemi! —
Henri prit dans son sac une petite Bible,
Et dit : — Seul? Oh! non pas avec un tel ami! —

Octobre 1857.

## L'AUTOMNE.

« Efforçons-nous d'être un jour de petites fleurs dans
« la couronne du ciel, la seule qui ne se fâne pas.

* * *

Petits enfants, voici l'automne!
Adieu, beaux jours, adieu, chansons!
La terre effeuille sa couronne.
Adieu les jeux sur les gazons!
Sous la dévorante gelée,
Déjà l'herbe de la vallée

Se déssèche et n'a plus de fleurs.
Forcés par le brumeux novembre
De rester captifs dans la chambre,
Enfants, vous semblez tout rêveurs !

Petits enfants, voici l'automne!
Voyez, la campagne s'endort;
La belle nature abandonne
Les forêts, les champs à la mort!
Vous regardez par la fenêtre
La feuille des bois disparaître,
Sous le souffle glacé du vent;
Mais vainement votre œil se lasse
A retrouver encor la trace
Du sentier que vous aimiez tant!

Petits enfants, voici l'automne!
Quel silence mystérieux!
Votre cœur s'attriste et s'étonne
Comme à de pénibles adieux!
En vain, pour réjouir votre âme,
Vous vous approchez de la flamme,

Qui bavarde dans le foyer.
Enfants, votre œil devient humide,
Et j'ai vu votre main rapide
Par deux fois déjà l'essuyer!

Petits enfants, pour vous l'automne
Viendra, et cela sans retard.
Comptez les jours que Dieu vous donne!
N'attendez pas qu'il soit trop tard!
Aimez-le ce Dieu qui vous aime!
Lui seul reste toujours le même:
Il veut vous rendre heureux, contents.
Enfants, l'automne nous convie
A nous préparer pour la vie
Où règne un éternel printemps!

Novembre 1857.

## SOUHAIT DE BONNE ANNÉE

### D'UN JEUNE ENFANT.

Que cette année
Par toi donnée,
Seigneur,
Porte à mon père,
Porte à ma mère
Bonheur!

Dès mon jeune âge,
Rends-moi bien sage
Toujours!
Compte toi-même
A ceux que j'aime
Longs jours!

Père céleste,
Avec nous reste
Ici,
Et dans ta grâce
Donne-nous place
Aussi !

1er Janvier 1858.

## JÉSUS-CHRIST SEUL.

« Les échos des tabernacles célestes répètent sans
« cesse ce cri des rachetés : Jésus-Christ seul ! »
(A. Monod.)

Il n'est qu'un nom qui justifie :
Jésus-Christ seul !
Par ce nom, nous avons la vie !
Jesus-Christ seul !
Pécheur, d'une âme repentante,
Contemple cette croix sanglante,
Où porte ta peine accablante
Jésus-Christ seul !

A ton repos qui peut suffire?
    Jésus-Christ seul!
C'est pour toi, pécheur, qu'il expire,
    Jésus-Christ seul!
Juste, pour l'injuste il se livre;
De tes péchés il te délivre;
Ne veux-tu pas aimer et suivre
    Jésus-Christ seul?

Invoque, pour vaincre le monde,
    Jésus-Christ seul!
Pour éclairer ta nuit profonde,
    Jésus-Christ seul!
Il pardonne avec abondance;
Il calme, il guérit ta souffrance;
Il t'aime d'un amour immense,
    Jésus-Christ seul!

O mon âme! redis sans cesse:
    Jésus-Christ seul!
Prends pour force dans ta faiblesse
    Jésus-Christ seul!

Humble, en paix, sous la croix, adore,
Attendant la céleste aurore,
Où les saints répètent encore :
Jésus-Christ seul !

Janvier 1858.

## L'HIVER.

« Il y a plus de bonheur à donner
« qu'à recevoir. »

Entendez-vous siffler la bise
A travers les bois frémissants?
Elle élève autour de l'église
Des tourbillons éblouissants;
Tout est blanc. Une neige épaisse
Recouvre la terre et ne laisse
Pas même un arbre à découvert ;
On ne voit plus de porte ouverte ;
La rue est tranquille et déserte:
Enfants, nous sommes en hiver!

Oh! quel cortége de misères
Le sombre hiver traîne après lui!
Combien de souffrances amères
N'a-t-il pas fait naître aujourd'hui!
Enfants, vous que Dieu gratifie
De tous les biens de cette vie,
Vous de ce monde les heureux,
C'est pour en aider l'infortune
Que Dieu vous prêta la fortune :
Enfants, songez aux malheureux!

Tandis que d'une douce laine
On se hâte de vous vêtir,
Et que votre demeure est pleine
De mets exquis pour vous nourrir;
Tandis que le soir, en famille,
Autour d'un beau feu qui pétille,
Vous vous excitez à vos jeux :
Il est des enfants — ô martyre! —
Que le froid, que le faim déchire!
Oh! pensez à ces malheureux!

Tandis que votre tendre père
Sur ses genoux vous fait asseoir;
Tandis que votre bonne mère
Vous donne le baiser du soir;
Tandis que plus tard on vous place,
Pour que votre corps se délasse,
Dans un lit bien chaud, bien moëlleux;
Ecoutez ces voix suppliantes,
Que le froid rend faibles, tremblantes!
Oh! pensez à ces malheureux!

Pensez aux orphelins qui pleurent,
Pauvres petits infortunés;
Aux enfants qui souffrent, qui meurent,
Dans ce réduit abandonnés?
Sachez que si Dieu vous fit naître
Au milieu d'un large bien-être,
Vous pouviez naître obscurs comme eux!
Amis, que la reconnaissance
Vous excite à la bienfaisance!
Oh! pitié pour ces malheureux!

Donnez! et vous pourrez comprendre
Les douceurs de la charité !
Votre superflu peut répandre
Dans les pleurs la félicité.
Donnez! C'est le plaisir suprême :
Le Seigneur s'est donné lui-même
Pour nous faire hériter les cieux.
Donnez ! — Il dit dans sa tendresse:
— Enfant, c'est à moi que s'adresse
Ce que tu fais aux malheureux ! —

Quand Jésus était sur la terre,
Prêchant le salut, le pardon,
Il dit : D'eau froide un simple verre,
Que l'on donne au pauvre en mon nom,
Ne perdra point sa récompense.
Donnez! soulagez la souffrance.
— Bonheur digne des Bienheureux! —
Donnez! un jour, devant son trône,
Vous aurez pour votre couronne
Les prières des malheureux!

Mars 1858.

## LE SOMMEIL DE L'ENFANT.

«Il dort, innocence !
«Les anges sereins
«Qui savent d'avance
«Le sort des humains,
«Le voyant sans armes,
«Sans peur, sans alarmes,
«Baisent avec larmes
«Ses petites mains ! »

(VICTOR HUGO.)

Un enfant sommeillait sur le sein de sa mère :
— Dans les bras maternels le sommeil est si pur ! —
Par instants s'entr'ouvrait sa tremblante paupière,
Laissant briller des yeux du plus limpide azur.

La mère contemplait la frêle créature,
Dans le ravissement d'un bonheur triomphant ;
Sa voix faisait entendre un faible et doux murmure,
Pour hâter le sommeil de son petit enfant.

Le chant baissait, baissait, et puis tout fut silence :
L'aimable enfant dormait, paisible, souriant.
La mère détacha son œil de l'innocence,
Et leva vers le ciel un regard suppliant.

Ce regard de l'amour qui réflétait son âme,
Embelli par les pleurs, semblait dire : — Seigneur,
Pitié ! pitié pour lui et pour moi pauvre femme !
O mon Dieu ! tu le sais, cet ange est mon bonheur !

Il dort ! Il est si beau ! Pitié ! pitié ! je tremble !
Va-t-il pas s'envoler vers ton brillant séjour ?
Oh ! s'il doit me quitter, que nous partions ensemble !
Garde-nous l'un à l'autre, ô toi qui es amour !

La mère crut alors ouïr à son oreille :
— Femme, rassure-toi ! Pourquoi trembler ainsi ?
Sur ton enfant, sur toi, sans cesse ton Dieu veille ;
Décharge-toi sur lui de ton pesant souci !

La mère doucement se leva de sa chaise,
Emportant dans ses bras le cher petit dormeur ;

Le plaça sur son lit avec un soupir d'aise:
Quelque chose du ciel rafraîchissait son cœur.

Elle avait incliné son cœur à la sagesse;
Aux regards de sa foi brillait un nouveau jour;
Elle savait enfin l'ineffable tendresse
Du Dieu dont le nom est Amour!

Mars 1858.

## LE PRINTEMPS.

« O Eternel! que tes œuvres
sont belles! »

L'air est si pur, la soirée est si belle!
Enfants, venez respirer le printemps!
Voyez le ciel! oh! comme il étincelle!
Quelle splendeur dans ses feux éclatants!

Entendez-vous les roulades sublimes
Du rossignol, dans tous les alentours?
Joignons nos cœurs en accents unanimes,
Bénissons Dieu qui nous rend les beaux jours!

Le sombre hiver a quitté nos rivages;
Tout reverdit dans nos champs bien-aimés;
Tous les bosquets ont repris leurs ombrages;
De doux parfums les airs sont embaumés.
Oui, tout renaît, tout s'éveille à la joie,
Tout rajeunit, jusques à nos discours!
Oh! qu'il est bon le Dieu qui nous envoie,
Après l'hiver, les plaisirs des beaux jours!

Que de joyaux prodigués à la terre
Par les effets de tes douces chaleurs!
Ici, l'émail de l'humble primevère;
Là, le lilas et ses grappes de fleurs!
Quand le Seigneur nous montre sa tendresse,
En te parant de tes riches atours,
Terre, bénis, par des chants d'allégresse,
Ce Dieu puissant qui nous rend les beaux jours!

Que de beauté s'étale à notre vue!
Arbres en fleurs et feuillages naissants!
Aussi notre âme est doucement émue,
Aussi nos cœurs sont-ils reconnaissants!
O doux printemps! ton retour nous rappelle
Cette patrie où tu règnes toujours!
Tu fais rêver à la gloire éternelle!
La foi s'épure à l'air de tes beaux jours!

Avril 1858.

## LE BON BERGER.

« Je suis le bon berger. »
(Jean X, 11.)

Jésus est mon tendre berger!
Sous sa bienfaisante houlette,
Jamais la crainte du danger,
Ne me trouble, ne m'inquiète;

Il soutient mes pas chancelants ;
Il m'abrite contre l'orage;
Et quand viennent les jours brûlants,
Il me paît sous un frais ombrage!

Jésus est mon tendre berger!
On est si bien sous sa houlette!
Satan ne saurait ravager
Cette aimable et sure retraite.
Si parfois je bronche en chemin,
Si ma force faiblit, se lasse,
Il me relève, et dans son sein,
Pour me réchauffer il me place!

Jésus est mon tendre berger!
Qu'on est heureux sous sa houlette!
Il veut me faire partager
Une félicité parfaite.
Pour moi, sa chétive brebis,
Ce bon berger donna sa vie;
Sa mort m'assure au paradis
Le poids d'une gloire infinie!

Vous qui n'avez point de berger,
Oh! rangez-vous sous sa houlette!
Car lui seul peut vous protéger
Contre les jours de la disette.
Allez à lui, car il est bon!
Il chasse nos inquiétudes;
Il donne, avec son doux pardon,
L'avant-goût des béatitudes!

Mai 1858.

## LE VIEILLARD ET L'ENFANT.

### (ALLÉGORIE.)

«Le soleil ne frappera plus sur
«eux ni aucune chaleur.»
(APOCALYPSE, VII, 16.)

L'ENFANT.

Bon vieillard, la chaleur t'accable;
Ton front ridé paraît en feu;

Oh! je plains ton sort misérable!
Ne peux-tu t'arrêter un peu?
Viens près de moi, sous cet ombrage,
Reposer ton corps chancelant!
Tu continueras ton voyage
Quand le jour sera moins brûlant.

LE VIEILLARD.

Aimable enfant, ta voix est douce
A l'âme d'un pauvre vieillard!
Je ne sais quel charme me pousse,
A contempler ton doux regard!
J'aimerais rester à t'entendre,
Sous cet arbre, au moins un instant;
Mais le temps presse, il faut me rendre
Au terme où le repos m'attend.

L'ENFANT.

Où vas-tu que rien ne t'arrête?
As-tu, dans un lointain séjour,
Laissé ta famille inquiète,
Qui soupire après ton retour?

Des larmes d'une vieille mère
Vas-tu faire tarir le cours?
Les tiens sont-ils dans la misère?
Vas-tu leur porter du secours?

LE VIEILLARD.

Cher enfant, le but où j'aspire
Ne se trouve point ici bas,
Et pourtant, je veux te le dire,
Je n'en suis plus qu'à quelques pas.
Le lieu vers lequel je chemine
N'a jamais connu la douleur ;
Un soleil sans nuit l'illumine:
C'est le ciel, la paix, le bonheur!

L'ENFANT.

Mais, bon vieillard, pour y prétendre
Faut il marcher incessamment?
Ne peux-tu quelquefois suspendre
Ta course pénible un moment?

Comme toi, moi-même j'espère
Aller dans le ciel du bon Dieu ;
Mais ne m'est-il pas salutaire
De me reposer en ce lieu?

LE VIEILLARD.

Enfant, lorsque j'avais ton âge,
Aux jours de mon joyeux printemps,
Pour entreprendre le voyage,
Je croyais avoir bien du temps.
Hélas! quelle était ma folie!
J'attendais mon dernier soleil,
Pour m'occuper de ma patrie,
Et prendre le chemin du ciel.

L'ENFANT.

Vieillard, à la moisson prochaine,
Je ne compterai que huit ans;
Mon aurore se lève à peine,
J'ai devant moi de longs instants.

Quand m'avertiront les années
De l'approche de mon départ,
Je consacrerai mes journées
A te suivre au ciel, bon vieillard.

LE VIEILLARD.

Enfant, tu bâtis sur le sable;
Que sais-tu, peut-être demain,
Ta jeunesse, fleur périssable,
Se flétrira dans son matin?
Oh! crois-moi, hâte-toi de prendre
Ta course aujourd'hui vers les cieux!
C'est là-haut que ton cœur doit tendre;
Il est étranger en ces lieux!

21 juillet 1858.

## LE VIEILLARD ET L'HIRONDELLE.

« La tombe est pour le chrétien
« ce que l'Océan est pour l'hiron-
« delle . . . un passage. »

— Oiseau du Bon Dieu, gentille hirondelle,
Toi qui revenais avec le printemps
Trouver ton vieux nid sons mon toit fidèle,
Et me réjouir par tes joyeux chants ;
Voilà que l'automne attristant la terre,
Avec ses jours sombres, son air de deuil,
T'oblige à gagner la rive étrangère,
Et que maintenant tu laisses mon seuil !

Mon âme, ainsi que toi, douce hirondelle,
Dans peu de jours doit s'envoler ailleurs;
Ainsi que toi, elle agite son aile,
Pour s'en aller chercher des cieux meilleurs;
Si tu reviens causer sur ma fenêtre
En appelant ton ami du regard,
Ne me voyant plus, tu diras peut-être,
Où donc est allé le vieillard?

Il aura touché le rivage
Où brille l'immortalité;
Où son âme aura pour breuvage
La source de la vérité;
Où rien ne change, ne s'altère,
Où la fleur n'est point éphemère,
— Immuable et pur encensoir! —
Et n'ouvre point son beau calice,
Avant que le jour resplendisse,
Pour se faner avant le soir;
Où notre âme ignore la peine,
La douleur, le péché hideux,

Ces anneaux brûlants de la chaîne
Qui l'accable dans ces bas lieux!

Oui, si tu revois ma chaumière
Quand viendra le printemps nouveau,
Pour parvenir à la lumière,
J'aurai traversé mon tombeau!
Adieu donc, douce messagère;
Dieu guide ta course légère!
Deux printemps comblent nos souhaits:
Le tien se flétrit sur la terre,
Mais le mien, beaucoup plus prospère,
Va fleurir aux cieux à jamais!

Juin 1858.

## DIEU EST AMOUR.

La fleur me dit cette parole,
En s'ouvrant au lever du jour ;
J'entends sortir de sa corolle
Ces mots si doux : Dieu est amour !

Auprès de sa famille heureuse,
L'oiseau que le Seigneur bénit,
Dans sa chanson la plus joyeuse,
Me la répète de son nid.

Le petit ruisseau qui serpente
Dans la campagne d'alentour,

Lentement s'écoule et me chante
Ce message jour après jour.

Des hauts monts, des gorges profondes,
Cette même voix toujours sort;
La mer, aux mugissantes ondes,
Vient me la murmurer encor.

Au ciel, les étoiles brillantes,
La nuit, redisent à leur tour,
En lettres d'or étincelantes,
Ces mots si doux : *Dieu est amour !*

Décembre 1858.

## LES PETITS BIENFAITS.

«La force la plus forte
«Est un cœur plein d'amour.»

Supposez la primevère
Courbant son front vers la terre,
Et disant avec douleur :
— «Il vaudrait mieux ne pas naître,
«Que de croître, hélas ! pour n'être
Qu'une si petite fleur ! »
A l'heure où la clarté baisse,
Ceux que la fatigue oppresse,
Les enfants pleins de tristesse
Demanderaient l'humble fleur.

Si la goutte de rosée,
Sur le brin d'herbe posée,

Lorsque brille un jour nouveau,
Se laissait glisser à terre,
En disant: «Que puis-je faire,
«Moi, petite goutte d'eau?»
Bien avant que la journée
Vit sa course terminée,
L'herbe, hélas! serait fanée,
Faute de la goutte d'eau!

Si, dans la saison brûlante,
Quand la chaleur est ardente,
La brise voulait fléchir,
Alléguant sa petitesse,
Se croyant dans sa faiblesse,
Impuissante à rafraîchir,
Le voyageur hors d'haleine,
Seul dans quelque aride plaine,
N'avancerait qu'avec peine,
Toujours près de défaillir.

Que d'actes de bienfaisance
La jeune et timide enfance

Peut accomplir dans un jour!
Malgré sa grande faiblesse,
Malgré son peu de sagesse,
Avec un cœur sans détour !
Un enfant faible et fragile
Peut se rendre plus utile
Que la force de cent mille,
S'il porte un cœur plein d'amour!

28 Décembre 1858.

## NOËL.

« Grâce ! »
(MONOD.)

Gloire à Dieu dans les plus hauts cieux!
Et paix sur la terre!
Envers les hommes, en tous lieux,
Bienveillance entière!

A ces accents étranges,
Les bergers étonnés
Semblent, devant les anges,
Un moment foudroyés;
Inondés de lumière,
Le front dans la poussière,
Ils tremblent de frayeur,
Quand l'ange du message,
Au sublime langage,
Dit: «Nayez pas de peur!

«Rassurez-vous, bergers, car le Très-Haut m'envoie
«Apporter à vos cœurs l'allégresse et la joie:
«Le monde n'est plus enchaîné!
«Si la terre et le ciel aujourd'hui sont en fête,
«C'est que dans Bethléem, la ville du prophète,
«Le Seigneur, le Christ vous est né!»

Gloire à Dieu dans les plus hauts cieux!
Et paix sur la terre!
Envers les hommes, en tous lieux,
Bienveillance entière!

Le Fils du Roi des rois, le Scilo, le Messie,
Dont le souffle divin remplit la prophétie,
Le soleil d'un monde nouveau;
Celui dont l'univers proclame la puissance,
Dont les célestes chœurs célèbrent la naissance,
N'a qu'une crêche pour berceau!

Terre, réjouis-toi! tressaille d'espérance!
Car cet humble berceau contient ta délivrance :
C'est Jésus le libérateur!
C'est le Christ qu'ont prédit les oracles antiques,
Celui qu'ont salué les accents prophétiques
Du nom béni de Rédempteur!

C'est l'Agneau de l'amour — ô charité profonde!
Envoyé pour ôter la souillure du monde;
C'est le rejeton d'Isaï.
Il apporte aux pécheurs le salut et la grâce;
Victime expiatoire, il s'offre à notre place
Au Dieu jaloux du Sinaï!

Car l'Eternel l'a oint, ce maître des tonnerres,
Pour évangéliser les esprits débonnaires,
Pour guérir les cœurs angoissés ;
Pour ôter des captifs les entraves cruelles ;
Aux pauvres prisonniers il vient donner des ailes !
Peuples, l'enfer est terrassé !

Ne redoutez plus la vengeance
D'un juge enflammé de courroux ;
Voici l'an de la bienveillance.
Oh ! combien le Seigneur est doux !
Approchez, pauvres, misérables,
Venez, venez, races coupables,
Accourez tous à ce berceau !
Au salut que Dieu vous accorde,
Dans sa grande miséricorde,
Aujourd'hui même il met le sceau !

Il vient pour abolir le crime,
Et pour consumer le péché,
Pour combler l'effrayant abîme,
Sur lequel le monde est penché.

Il a quitté le sein du Père,
Pour racheter l'humanité,
Et pour publier à la terre
Le salut et la liberté!

Oui, dans ces paisibles contrées,
D'une étable il fait son palais;
Aujourd'hui se sont rencontrées
En lui la justice et la paix,
Peuples, venez avec les mages,
Joyeux, présenter vos hommages
Au Désiré des nations!
Voix du péché, faites silence!
Le règne de l'amour commence,
Offrons nos adorations!

Gloire à Dieu au plus haut des cieux!
Et paix sur la terre!
Envers les hommes, en tous lieux,
Bienveillance entière!

Novembre 1858.

## ANNIVERSAIRE.

« Ils ne sont pas perdus ; ils
« nous ont devancés. »
(VINET.)

I.

Mère, il y a neuf ans, aujourd'hui, à cette heure,
Que le deuil visita notre ancienne demeure !
Quel spectacle navrant ! Il m'en souvient trop bien !
Nous, enfants, nous dormions, n'étant troublés de rien ;
Nous étions à cet âge, où l'on est incapable
De comprendre ce qu'a la mort d'épouvantable ;
Nous étions à cet âge où l'on peut sommeiller ;
Il m'en souvient, hélas ! on vint nous éveiller !

La voix qui nous parlait, affectait d'être sûre,
Mais elle disait tout, mère, je vous l'assure.
Alors, je crus rêver, je demeurai sans voix;
Je sentais le malheur pour la première fois.
Tout ce qui m'entourait avait un air étrange;
Partout ce doigt hideux, qui flétrit et qui change,
Epouvantait mes yeux. Comme une froide brume
Enveloppait mon cœur, le noyant d'amertume,
La douleur m'étouffait, j'étais tout haletant;
Je ne soupçonnais pas qu'on pût souffrir autant.
Je ne savais pas bien ce que c'est qu'un bon père;
Je le sais, maintenant, qu'il a quitté la terre;
Et, malgré moi, mon cœur, accessible aux regrets,
Le souhaite souvent, mais il ne vient jamais!
Quand auprès de son lit, malheureuse famille,
Nous fûmes réunis dans l'alcôve tranquille,
La mort saisit nos cœurs de douleur et d'effroi.
Il était là, mon Dieu! couché, hideux et froid.
Quel moment solennel! Nous gardions le silence,
Muets d'étonnement, d'horreur et de souffrance;
Car ce n'était plus lui, ce père bien-aimé:
Nous étions seuls avec un corps inanimé!

Oh! disais-je tout bas, toi qui nous abandonnes,
Dis-nous encor un mot, c'est que tu nous pardonnes
Ces chagrins si nombreux que nous t'avons causés
Et dont nous nous sentons justement accusés! —
Alors j'aurais voulu expirer dans les chaînes,
Pour racheter ce faix de soûcis et de peines,
Qui me semblait l'avoir tué avant le temps,
Je me sentais en proie aux remords dévorants.
Ah! que ne pouvait-il voir ma douleur amère!
Il m'aurait pardonné, n'est-ce pas, ô ma mère?
Partout la sombre mort avait mis des linceuls,
Tout ce que nous savions, c'est que nous étions seuls!

Cette paix du foyer, dont il était la vie,
Nous était avec lui à tout jamais ravie!
Nous étions seuls, enfin! Plus de joyeux repas,
Plus de courses au bois, des bouquets plein les bras;
Plus de petits goûters sous l'ombreuse feuillée;
Plus de jeux ravissants dans la longue veillée;
Plus de mots excitant nos fraternels combats;
Plus de sourire aimable accueillant nos ébats;

Plus ce regard aimant qui rassure et console,
Plus de tendres baisers au retour de l'école;
Plus d'ange protecteur qui veillât sur nos jours;
Nous étions seuls enfin, ici-bas, pour toujours!

## II.

Et lui dont nous gardions l'enveloppe grossière,
Il entrait triomphant dans des flots de lumière,
    Esprit pur, affranchi de sa captivité.
De célestes accords accueillaient sa venue;
Les anges radieux chantaient sa bien-venue
    Aux rivages fleuris de l'immortalité!

Et tandis que nos pleurs coulaient près de sa cendre,
J'écoutais tout pensif croyant encor l'entendre
    Fredonner à côté quelque air habituel;
Je ne comprenais pas que sans lui l'on pût vivre,
Qu'il eût pu s'en aller sans quelqu'un pour le suivre;
    Tout cela me semblait comme un songe cruel!

Et pourtant, c'était vrai. Notre ami, notre père,
Avait déposé là sa gênante poussière;
Il avait dit adieu aux terrestres douleurs.
Son âme avait brisé l'enveloppe d'argile,
Et du blanc séraphin empruntant l'aile agile,
Libre et pure, elle allait vers des destins meilleurs!

### III.

Détachons, nous aussi, nos regards de la terre;
Levons-les vers le ciel, à cet anniversaire;
Il nous attend là-haut, celui que nous pleurons.
Et comme après un jour de fatigue pénible,
Il nous ouvrait les bras, de son fauteuil paisible,
Il nous les tend du ciel, où nous le reverrons!

Aujourd'hui que neuf ans ont effacé sa tombe,
Que les petits enfants, à l'heure où le jour tombe,
Foulent de leurs pieds nus ce tertre délaissé,

Quand la cloche du soir dit son triste cantique,
Un sentiment sans nom, vague, mélancolique,
S'élève dans mon cœur comme un cri du passé !

18 Juillet 1858.

## DEUX PARFUMS.

Enfants, connaissez-vous
Quelque parfum plus doux
Que celui de la violette,
Quand les prés rajeunis,
Ont des fleurs et des nids,
Cachés dans la naissante herbette?

Que dites-vous tout bas?
Qu'il n'en existe pas?

Alors, enfants, veuillez m'entendre.
— Mais où le trouve-t-on?
Mais savez-vous son nom?
— Ecoutez, je vais vous l'apprendre!

Ce parfum précieux
Qui réjouit les cieux,
Qui distille une odeur divine,
C'est le parfum d'un cœur
Qui se donne au Seigneur
Avec sa fraîcheur enfantine!

21 Juillet 1858.

## LE DÉPART.

« O profondeur ! »
(St PAUL.)

Pourquoi voulez-vous, ô ma mère!
Me retenir sur cette terre,
Où mon âme ne se plaît plus?
Vous savez combien je vous aime!
Mais Jésus est mon bien suprême:
Laissez-moi partir vers Jésus!

Jeunes amis de mon enfance,
Qui pour partager ma souffrance,
Près de mon lit êtes venus,

Vos larmes me font tant de peine!
Ne pleurez pas ma fin prochaine!
Je m'en vais auprès de Jésus!

O vous tous qui semblez me plaindre!
C'est pour vous que vous devez craindre:
Vos maux ne sont pas révolus!
Votre exil doit durer encore,
Tandis que moi, dès mon aurore,
Je m'envole auprès de Jésus!

Ce tendre Sauveur me prépare
La robe blanche dont il pare,
Les enfants, ses agneaux élus;
Au lieu de ce corps de poussière
Un corps de gloire et de lumière,
M'attend là-haut près de Jésus!

Jésus a racheté mon âme,
Et maintenant il la réclame;
Les anges m'attendent émus!

Adieu ! je change de demeure!
Puissiez-vous, quand viendra votre heure,
Me retrouver près de Jésus !

Août 1858.

## ESPOIR.

« Avance donc en paix. »
(C. Malan.)

Octobre étend partout son lugubre silence;
A nos cœurs attristés sa sévère éloquence
Arrache plus d'un long soupir!
Les bois jettent au loin leur parure flétrie,
Et la nature semble, en sa lente agonie,
Méditer avant de mourir !

Tu les aimes, ces jours pâles, mélancoliques,
Ami, toi dont souvent les accents sympathiques
Ont jadis rechauffé mon cœur !

Que de fois, tu le sais, par une nuit sereine,
Octobre nous a vus oublier dans la plaine
Du sommeil le pouvoir vainqueur!

Ah! c'est qu'aussi l'automne est la saison des rêves,
Le temps qui prête au vent, comme au flot sur les grèves,
Des gémissements et des pleurs;
C'est le temps où s'en vont les douces hirondelles;
C'est le temps où la mort dans ses serres cruelles
Froisse les feuilles et les fleurs.

C'est le temps où l'oiseau n'a plus de gais ramages;
Où les champs désolés n'ont plus de frais ombrages;
Le temps des déchirants adieux!
Quand la terre, en pleurant, abandonne ses charmes,
Nous sentons dans nos cœurs filtrer d'amères larmes,
Et notre âme cherche les cieux!

Oui, pour le cœur chrétien tout ce linceul se lève;
Des hauteurs de la foi où l'Esprit Saint l'élève,
Il plonge au-delà du tombeau,

Et malgré les regrets qui l'assaillent encore,
Au travers de la nuit, il voit percer l'aurore
Du jour dont Christ est le flambeau!

Oui, l'on peut renoncer aux forêts parfumées;
Oui, l'on peut voir mourir les fleurs qu'on a semées,
Où l'abeille puisait son miel;
On peut vivre exilé loin des bras d'une mère,
Saluer un ami sur la terre étrangère,
Quand la croix vous montre le ciel!

Octobre 1858.

## CE QUE ME DISAIT UN PETIT OISEAU.

« Il est un Dieu. Les herbes de la vallée et les cèdres de la montagne le bénissent ; l'insecte bourdonne ses louanges ; l'éléphant le salue au lever du jour ; l'oiseau le chante dans le feuillage ; la foudre fait éclater sa puissance et l'océan déclare son immensité. »

(CHATEAUBRIAND.)

En écoutant ton doux ramage,
Ce matin, dans le voisinage,
Je reprenais à ta chanson
Courage.
Qu'elle était douce ta leçon,
Pinson!

Je m'arrêtai pour mieux comprendre;
Ravi, charmé, je crus entendre
Sortir de ton refrain joyeux
Et tendre,
Un message mélodieux
Des cieux.

« O cher enfant! » semblais-tu dire,
« Le sombre et triste hiver expire.
« Vois-tu le printemps et les fleurs
« Sourire?
« Ils viennent finir tes douleurs,
« Tes pleurs!

« Vois! sous le soleil qui s'incline,
« Les troupeaux couvrent la colline;
« L'abeille au travers de nos champs
« Butine;
« Les bois retentissent de chants
« Touchants.

« La terre entonne un hymne immense
« D'amour et de reconnaissance
« Au Dieu dont la grande bonté
« Dispense
« Soleil, fleurs, verdure, gaîté,
« Beauté!

« Enfant, laisse-là la tristesse!
« Joins à ce concert d'allégresse,
« Où se confondent à la fois,
« Sans cesse,
« Les monts, les plaines et les bois,
« Ta voix!

« Chante la terre rajeunie,
« Le Dieu dont la grâce infinie
« Ramène dans nos alentours
« La vie;
« Aime et recherche son secours
« Toujours!

«Puis, lorsque l'hiver de la vie
«Courbera ta tête blanchie,
«Souviens-toi qu'un cœur paternel
«Convie
«Ton âme au printemps éternel
«Du ciel!

Février 1859.

## SAGESSE — AMOUR.

Dieu qui donne à la nuit le doux feu des étoiles,
Aux petits des oiseaux un nid sous les buissons,
Au proscrit, qui, rêveur, regarde fuir les voiles,
Le souvenir béni des lointaines chansons;

Dieu qui met au désert de l'ombre et des fontaines,
Qui réserve au penseur le silence des nuits;
Qui verse au prisonnier retenu dans les chaînes
Le sommeil, qui suspend le cours de ses ennuis;

Dieu qui près du berceau a mis l'œil d'une mère;
Qui près de la souffrance a placé la pitié;
Qui produit un fruit doux sur une tige amère,
Et fait à l'orphelin rencontrer l'amitié;

Dieu qui sur une épine a fait fleurir la rose,
Et soutient l'exilé de l'espoir du retour;
Offre au pécheur, et pour qu'il s'y repose,
Dans le don de son Fils, son cœur et son amour!

Mai 1859.

## ENCORE LA GUERRE.

*(Ecrit au commencement de la guerre d'Italie. —* 1859.)

Je n'entends parler que de guerre !
Le soir, près du foyer, mon père
Tient un grand papier sous ses yeux ;
Et souvent, pendant la lecture,
Ma mère interrompt sa couture,
Et murmure : — Les malheureux !

Ce sont des récits lamentables
D'événements épouvantables,
Des choses qui me font frémir :

4

Dans mon petit lit, où je veille,
Des mots passent à mon oreille
Qui ne me laissent pas dormir !

On dit que, près de nos frontières,
On voit des familles entières
N'ayant plus ni logis, ni pain.
On parle de gens qu'on mutile,
De femmes, d'enfants sans asile,
Souffrant le chaud, le froid, la faim !

On dit des plaines ravagées,
D'humbles retraites saccagées,
Des peuples dépouillés de tout,
Voyant le fer et l'incendie
Dévorer l'espoir de leur vie,
Et ne plus rien laisser debout !

On raconte que deux armées,
L'une contre l'autre animées,
Marchent pour se donner la mort ;

Et que leur choc — ô scène affreuse! —
D'une nation malheureuse
Doit pour longtemps fixer le sort.

Quelquefois mon père s'arrête,
Agite tristement la tête,
Et dit, avec un long soupir :
— «Etre libre, est-ce donc un crime?
«Pauvres peuples que l'on opprime!
«Pauvres soldats qui vont mourir!»

Ma mère, ici, lâche l'aiguille;
Dans ses yeux une larme brille,
Sa voix est pleine de sanglots,
Je retiens mon souffle et j'écoute,
Le regard au ciel, elle ajoute,
Comme en priant ces quelques mots :

— «Combien de mères, à cette heure,
«Dont le repos fuit la demeure,
«Pour y laisser entrer le deuil!

«Que d'enfants, partant pour la guerre,
«De loin saluant leur chaumière,
«Qui n'en franchiront plus le seuil!»

J'entends ces choses et je tremble,
Car il est affreux, il me semble,
De mourir loin dans les combats,
Sans entendre la voix chérie
D'une mère qui veille et prie,
Et parle du beau ciel tout bas!

Et pendant qu'éveillé je rêve,
Papa, comme maman, se lève,
Puis, ils s'agenouillent tous deux;
Et mon père prie avec larmes
Pour ceux qui tombent par les armes
Et pour leurs parents malheureux!

— «O Dieu de paix et de lumière!
«Ecoute,» dit-il, «la prière,
«Que t'offrent de pauvres pécheurs!

« Suspends les malheurs de la guerre !
« Ramène la paix sur la terre !
« Et viens consoler tous les cœurs !

« O Jésus ! montre ta puissance !
« Que ton règne d'amour s'avance,
« Fais entendre aux peuples ta voix !
« Que ta charité les rassemble,
« Et vienne les ranger ensemble
« Sous le seul drapeau de ta croix !

« Par ton sublime sacrifice,
« De la paix et de la justice
« Consacre l'éternel hymen !
« Et qu'un cantique de victoire
« Monte de la terre, à ta gloire !
« Exauce-nous, Seigneur. Amen ! »

Juin 1858.

## CHANT DE NOËL.

Chantons Noël, enfants, chantons ensemble,
Le fils de Dieu, Jésus, Emmanuel!
Que Bethléem aujourd'hui nous rassemble!
Chantons, enfants, chantons, chantons Noël!

Chantons Noël, enfants, que nos louanges
Dans tous les lieux bénissent l'Eternel!
Mêlons nos voix aux voix pures des anges!
Chantons, enfants, chantons, chantons Noël!

Chantons Noël, enfants, Dieu nous pardonne;
Il nous visite en ce jour solennel,
Avec Jésus son amour il nous donne!
Chantons, enfants, chantons, chantons Noël!

Chantons Noël, enfants, la paix est faite
Entre le ciel et l'homme criminel;
N'ayons qu'un cœur pour célébrer la fête!
Chantons, enfants, chantons, chantons Noël!

Chantons Noël, enfants, c'est Dieu lui-même
Qui nous visite en ce jour solennel,
Pour nous sauver, nous pécheurs, nous qu'il aime!
Chantons, enfants, chantons, chantons Noël!

Chantons Noël, enfants, de nos hommages
Entourons le berceau d'Emmanuel!
Prosternons-nous à l'exemple des mages!
Chantons, enfants, chantons, chantons Noël!

Chantons Noël, enfants, si notre offrande,
N'est point l'encens, l'or des fils d'Ismaël,
Donnons nos cœurs, c'est chose bien plus grande,
Chantons, enfants, chantons, chantons Noël!

Chantons Noël, enfants, Christ nous délivre
Des fers pesants d'un ennemi cruel;
Mais en retour pour lui nous voulons vivre!
Chantons, enfants, chantons, chantons Noël!

23 Novembre 1859.

## SYMPATHIE.

(A un ami dans le deuil.)

« C'était un bel enfant qui fuyait de la terre. »
(V. Hugo.)

Ah! lorsque tu le vis, tout à coup, sous la lampe,
Rejeter loin de lui sa favorite estampe,
Et clore, en soupirant, ses yeux de larmes pleins;
Lorsque tu le saisis s'affaissant sur sa chaise,
Que tu sentis son front ainsi qu'une fournaise
Brûler tes lèvres et tes mains;

N'entendis-tu pas dans la nue,
Au travers de ton vague effroi,
Une voix qui, du ciel venue,
Te disait : — Ne crains rien, c'est moi !
Et tandis que ton cœur de père,
Tremblait qu'une tête bien chère
Ne fût frappée auprès de toi,
Ne te sembla-t-il pas entendre
Un chant à la fois doux et tendre,
Qui venait raffermir ta foi?

Oh! lorsque tu posas ton enfant sur sa couche,
Que tu surpris un mot de délire en sa bouche ;
Lorsque son œil hagard fixa longtemps le tien ;
Lorsque, la mort au cœur, tu vis l'ardente fièvre
Ternir ce frais visage et dessécher sa lèvre ;
Quand tu vis que pour lui tu ne pouvais plus rien !

Oh! quand l'amour et l'impuissance
Luttaient dans ton cœur éperdu ;
Quand tu sentis fuir l'espérance,
Que tu te dis : — Tout est perdu ! —

Quand tu fus des heures entières
Luttant par d'ardentes prières;
Puis, morne, brisé, confondu;
Quand tu vis le mal inflexible,
Si tu n'avais pas eu ta Bible,
Oh! dis, que fus-tu devenu?

Ami, quand, par instants l'affreuse maladie
Semblait se retirer; quand un rayon de vie
Illuminait soudain ses yeux du plus beau noir;
Quand il te souriait; qu'il te parlait des anges,
Du paradis, du ciel et des saintes phalanges,
De couronnes, de chants, de bonheur, de revoir;

Oh! comme à ce divin langage,
Tu le voyais marqué de Dieu
Pour fuir le terrestre rivage,
Saluant déjà le Saint-Lieu!
Comme tu sentais sa jeune âme,
Ainsi qu'une légère flamme,
S'élever au ciel sans effort!
Oh! dis-moi ta suprême envie,

Si tu n'eus cru qu'en cette vie,
N'eût-elle pas été la mort?

Oh! lorsque dans ta main la sienne inanimée
Resta froide . . . alors que l'œuvre fut consommée;
Quand ton cœur se fondit en soupirs douloureux;
Que rien ne répondit à tes sanglots funèbres,
Que le bruit de l'horloge au milieu des tenèbres,
Que tu n'eus plus de lui qu'un cadavre hideux!

Planant sur cette forme étrange,
De lumière tout radieux,
N'aperçus-tu pas un jeune ange
Qui du doigt te montrait les cieux?
Il toucha ton front de son aile,
Te dit tout bas : — Jésus m'appelle;
On m'attend au ciel aujourd'hui!
Adieu! ne pleure pas, mon père!
Je reviendrai bientôt, j'espère,
Pour te conduire auprès de Lui!

Oh! lorsque enfin, pensif, tu suivis cette bière,
Que quatre enfants portaient dans le vieux cimetière,

Quand tu vis ce cercueil disparaître à tes yeux;
Lorsqu'aux vers du tombeau tu livras sa dépouille...
— Rien qu'à ce souvenir ton œil encore se mouille! —
Quelque chose te dit de regarder aux cieux!

Alors de la plaine éthérée,
Tu sentis venir une voix,
Qui dans ton âme déchirée,
Versa le baume de la croix.
— « Bienheureux, bienheureux, dit-elle,
« Ceux que pour la gloire éternelle
« Le Seigneur reprend dans son sein!
« Car ces petits que son cœur aime,
« Il les mène au bonheur suprême!
« Louange à son nom trois fois saint!

Ami, lorsque parfois ton œil devient humide,
En voyant que toujours sa place reste vide,
Que tu ne rêves pas, qu'il ne reviendra plus;
Quand tu vois de son doigt la place dans un livre,
Que quand tu sors aux champs, il n'accourt pas te suivre,
Cherche-le dans le ciel! Il est avec Jésus!

Là, le front ceint d'une couronne
Et couvert d'un vêtement blanc,
Il dit : « A l'Agneau sur son trône,
« Qui m'a racheté par son sang,
« Gloire, force, honneur et sagesse! »
Et de sa céleste allégresse
Il fait retentir le Saint-Lieu ;
Là, demain tu vas le rejoindre!
Courage, ami! Car voici poindre
Le revoir dans le sein de Dieu!

23 juin 1860.

## LE PLUS DOUX NOM.

« Emmanuel . . . Dieu avec nous. »

Plus doux qu'est au printemps le parfum de la rose
Quand l'aube luit ;
Que le sein maternel où l'enfant se repose,
Quand vient la nuit ;

Plus doux et plus touchant qu'est le doux nom de père
Pour l'orphelin ;
Plus doux qu'est à nos yeux l'éclat de la lumière
A son déclin ;

Plus douce qu'est au cœur que le bruit empoisonne
La paix du soir;
Plus doux qu'est au mourant que la vie abandonne
Le mot d'espoir;

Plus doux qu'est le regard du jeune enfant qui prie
Près de son lit;
Plus doux qu'est dans l'exil le doux mot de patrie
Pour le proscrit;

Plus doux qu'est au nocher battu par la tempête
L'aspect du port;
Plus doux qu'est le duvet où l'oiseau met sa tête
Quand il s'endort;

Plus doux qu'au pèlerin arrivant de la terre
Est le chant des élus,
Plus doux est au pécheur perdu dans sa misère
Le doux nom de Jésus!

## DEUX ROBES.

« L'humilité, mon cher enfant
« Est le plus brillant vêtement. »
(Chanoine SCHMIDT.)

Maman, c'est aujourd'hui Dimanche !
Et tu vois comme il fait beau temps !
Tu m'as promis ma robe blanche
Pour fêter ce jour de printemps !
Maman, veux-tu que l'on m'habille ?
Je serai belle, n'est-ce pas ?
Chacun dira : Qu'elle est gentille !
Mais, maman, tu ne réponds pas !

Ne seras-tu pas bien contente
Qu'on trouve ta Jeanne charmante,
Au temple, dans la rue, au bois?
Que je plains cette pauvre Elise
Qui n'avait pas une chemise
Quand nous la vîmes l'autre fois!
Il est vrai, maintenant, qu'on l'aide!
Mais elle ne guérit jamais!
Pauvre fille, elle est toujours laide!
Que je la plains! si tu savais!

— Hélas! pauvre fille toi-même,
Avec ta sotte vanité;
Vraiment ton orgueil est extrême:
Tu me fais honte, en vérité!
Ecoute ceci de ta mère:
Celle dont tu plains la misère,
La laideur et la pauvreté,
Je te trouve cent fois moins belle,
Moins riche, moins heureuse qu'elle;
Car la véritable beauté,

— Une âme modeste et soumise, —
Moi, je l'admire chez Elise !
Elle est belle aux yeux du Seigneur !
Sa robe vaut mieux que la tienne :
Elise est une enfant chrétienne,
Pieuse, humble et douce de cœur !
Cela vaut plus qu'une couronne.
Oh ! que le Seigneur te le donne !
Et que surtout il te pardonne
Ta trop coupable vanité !

Enfant, recherche la parure
Que rien ne ternit et qui dure
Pendant toute l'éternité !

18 juin 1861.

## VIOLETTE.

> « D'oubli, de paix envelopper sa vie
> « Se couvrir d'ombre et se faire petit
> « C'est un secret, un grand secret, chérie !
> « Si nous savions quelqu'un qui nous l'apprît. »
> (VINET.)

Quand les frimas quittant nos rives
Les abandonnent aux beaux jours,
Violette, tu nous arrives
Avec les chants et les amours.

J'aime alors qu'avril rend aux plaines
La fraîche senteur des gazons,
Guidé par tes douces haleines,
Te découvrir sous les buissons.

Car ton sein distille la vie
Avec tes parfums dans les airs,
Et ton gai retour nous convie
A l'oubli des tristes hivers.

Messagère de l'Espérance,
Tu laisses le palais des grands,
Pour t'attacher de préférence
Au seuil des pauvres, des souffrants.

Bien souvent loin de la patrie,
Portant un message embaumé,
Tu parles à l'âme attendrie,
De quelque proscrit bien-aimé.

Et comme cet ange qu'envoie
Le Seigneur auprès du malheur,
Ton souffle fait naître une joie
Jusque sur le lit de douleur.

J'ai vu l'enfance te sourire,
Chaste fleur, et rêver longtemps;
J'ai cru t'entendre lui redire
Tous les plaisirs du beau printemps.

Tu lui disais aussi sans doute
Qu'en ce monde de vanité
Mieux vaut, sous l'herbe de la route,
Se voiler dans l'humilité,

Qu'imiter la foule insensée,
Qui va demander à grands pas,
A la citerne crevassée
Des eaux qu'elle ne contient pas.

« Que rien ici ne te décèle, »
Ajoutais-tu, « que ta douceur
« Et que chaque vertu t'appelle
« Du nom doux et touchant de sœur !

« Alors, ici-bas, nos passages,
« N'importe leur brièveté,
« Laisseront sur bien des visages
« Un reflet de félicité ! »

Juillet 1861.

## L'ENFANT & L'OISEAU.

L'ENFANT.

Bonjour, petit oiseau, je t'aime!
Ton nid est là dans le jardin ;
Je t'entends chanter avant même
Qu'il soit bien jour chaque matin
Pourquoi lorsque encor je sommeille,
Ta voix vient-elle à mon oreille?
Va, crois-moi, dors encor un peu !
Dans ton nid si chaud et si tendre,
Ne te fais pas si tôt entendre,
Cher petit oiseau du Bon-Dieu !

L'OISEAU.

Cher enfant, lorsque la lumière
Se lève sur mon petit nid,
Aussitôt je fais ma prière
Au Dieu tout bon qui nous bénit.
Je me réveille avec l'aurore,
Je chante, quand tu dors encore,
Mon gai cantique au Roi des cieux,
Je célèbre sa providence,
Qui me prépare en abondance
Des aliments délicieux.

L'ENFANT.

Petit oiseau, tu me fais rire !
Ne pourrais-tu prier plus tard ?
Mon ami, je puis bien te dire
Que je prie aussi pour ma part :
Lorsque mon déjeûner s'apprête,
Que j'ai terminé ma toilette,
Alors pour moi c'est le moment :
C'est ainsi que le veut ma mère.

Pourquoi comme moi ne pas faire?
Es-tu plus sage que m'aman ?

L'OISEAU.

Je n'ai garde, mais je m'étonne
De t'entendre parler ainsi :
N'est-ce donc pas Dieu qui te donne
Comme à moi toute chose aussi?
N'est-ce donc pas lui qui t'envoie
Soleil, beaux fruits, richesse, joie,
Tous ces biens dont nous jouissons?
Moi qui les tiens de sa puissance
Pour dire ma reconnaissance
Je n'ai jamais trop de chansons.

L'ENFANT.

Crois-tu donc, toi dont la voix chante,
Que je doive prier toujours ?
Le jour est long, le jeu m'enchante;
Plus tard, plus tard dans mes vieux jours!
Lorsqu'on est jeune l'on s'amuse,
Puis, après, quand le corps refuse

De se mouvoir et de courir ;
Alors, au terme de la vie,
Je comprends très-bien que l'on prie,
Car après tout, il faut mourir.

### L'OISEAU.

O cher enfant! tu me fais peine :
Quoi ! tu ne gardes au Seigneur
Que des jours entrevus à peine ,
Pour tourner vers lui tout ton cœur?
Eh ! que sais-tu? demain peut-être
Le Seigneur qui t'a donné l'être
Peut te rappeler près de Lui;
Oh ! pour que ta mort et ta vie
Soient heureuses, je t'en supplie ,
Donne lui ton cœur aujourd'hui!

Août 1861.

## VISION.

(*31 Décembre* 1862 — 1 *Janvier* 1863.)

« Etait-ce un rêve ? »

Sans but, sans courage et sans vœu,
J'étais seul au coin de mon feu,
Ayant achevé ma journée;
Tout rêveur, même triste un peu,
Je sôngeais au prochain adieu
Que nous allait faire l'année;

Tout à coup, et sans s'annoncer,
Près de moi je vis s'avancer,
Se soutenant sur deux béquilles,

Une vieille au corps chancelant,
De froid, de fatigue tremblant,
Les vêtements tout en guenilles.

J'eus peur, elle vit mon effroi,
Et me dit : — «Ami, calme-toi!
— «Ma présence peut te surprendre;
«Je ne t'ai voulu que du bien;
«Voyons! tu me reconnais bien?»
Son regard était triste et tendre.

Je m'enhardis : «Qui donc es-tu,
«Pauvre spectre, à demi-vêtu?»
Lui dis-je; et je la vis sourire.
Ce sourire m'était connu,
Mais où et quand je l'avais vu,
C'est ce que je n'aurais pu dire.

Alors, voyant mon embarras,
Elle mit la main sur mon bras,
Et d'une voix faible et mourante:

— «Mon nom, soit dit entre nous deux,
«C'est MIL HUIT CENT SOIXANTE-DEUX!
«Que vois-tu là qui t'épouvante?»

«Je suis vieille, j'ai fait mon temps,
«A peine ai-je quelques instants
«Pour justifier ma visite;
«Ne pouvant les employer mieux,
«Je viens te faire mes adieux,
«Ecoute! écoute! écoute vite!

«Je t'ai, comme fort bien tu sais,
«Apporté bienfaits sur bienfaits,
«De la part du Dieu qui m'envoie.
«Oh! rappelle-toi les faveurs,
«Tous les parfums, toutes les fleurs,
«Ami, dont j'ai semé ta voie!

«Dis, as-tu vu finir un jour,
«Sans qu'un témoignage d'amour
«Ne te vînt par mon ministère?

«Ne t'ai-je pas abondamment
«Donné paix et contentement?
«Tu ne peux dire le contraire.

«Oh! tu reconnais, n'est-ce pas,
«Que bien souvent tu me payas
«De froideur et d'ingratitude;
«Je te pardonne, cependant,
«Et te présente mon enfant;
«Mais, de grâce, sois-lui moins rude!»

Et de son informe lambeau
Sortit un ange, le plus beau
Qui jamais se montra sur terre;
Il me souriait radieux;
Je crus voir un hôte des cieux,
Et ne pus plus longtemps me taire.

«Oh! oui, oui, j'entends ton discours,
«Bonne vieille, et toujours, toujours
«Je saurai qu'il faut que je l'aime;

« Pour cela je prierai beaucoup. »
— Minuit sonnait son premier coup —
Sa faiblesse semblait extrême.

Elle faiblissait, faiblissait;
Chaque coup qui retentissait
La faisait fondre comme un rêve;
Au douzième , elle s'éclipsa;
L'enfant prit ma main, la pressa ;
Et pour la suivre je me lève!

## PRIÈRE.

Mon ami d'enfance,
Vois ! la nuit s'avance ;
Le val de silence
Lentement s'emplit;
La clarté s'efface ;
L'ombre prend sa place,
Monte dans l'espace,
Et l'ensevelit.

Mais c'est aussi l'heure
Où la brise effleure
La feuille qui pleure,
Et la fait gémir ;

L'heure où la nature
Doucement murmure
Son hymne si pure,
Avant de dormir.

Dessous la charmille,
Dans son nid babille,
Avec sa famille,
Le petit oiseau.
La fauvette grise
Confie à la brise
La prière apprise
Au natal roseau.

O touchant mystère!
Avant de se taire,
Notre vieille terre
Répète un adieu;
Un hommage immense
De reconnaissance,
Qui soudain s'élance
Et monte vers Dieu!

La feuille s'agite;
Viens, ami, viens vite,
Viens, tout nous invite
A prier ce soir.
A nos pieds expire
Le douloureux rire
D'un monde en délire,
Qui vit sans espoir.

Voix mélancoliques,
Sublimes cantiques,
Parfums balsamiques
— Doux concert d'amour! —
Maintenant tout prie
Et l'âme attendrie
A la rêverie
S'ouvre sans détour.

Dans cette retraite,
La lune nous prête,
Pour notre requête,
Son pâle flambeau.

Ainsi qu'une reine,
Puissante et sereine,
Elle avance à peine!
Ami, que c'est beau!

Prions! la prière
Sur notre âme entière
Versant la lumière
Et la paix à flots,
Est l'échelle étrange,
Par où l'homme échange
Son troublo ot sa fange
Contre le repos.

Pour l'âme qui doute,
C'est la sainte route
Qui perce la voûte
D'un monde pécheur.
Prions! c'est par elle
Que l'âme immortello,
Déployant son aile,
Arrive au Seignenr!

O céleste fleuve!
Où l'âme s'abreuve,
Au sein de l'épreuve
De tous ses combats!
Baume incomparable,
Mystère adorable,
Puissance admirable,
De l'homme ici-bas!

O joie! ô merveille
Force sans pareille,
Ma prière éveille
L'écho du Saint-Lieu!
Ardente ou plaine,
De l'humaine rive,
Elle part, arrive
Jusqu'au cœur de Dieu.

Homme, ô mon frère!
Ne désespère
Pas sur la terre,
En tes douleurs!

A ton Dieu crie !

Le cœur qui prie
Trouve en la vie
Beaucoup de fleurs.

Pour lui la souffrance
A perdu son fiel ;
La tendre espérance
Lui montre le ciel.
Au fort de l'orage,
Quoique ballotté,
Il a bon courage ;
Il voit le rivage
De l'Eternité !

Juin 1862.

## PUISQUE.

« Mets ton âme hors de ce monde. »
(V. Hugo.)

Puisque tout est mystère
En ce bas lieu ;
Puisque tout sur la terre
Parle de Dieu ;

Puisque notre âme avide
Souffre partout ;
Qu'elle trouve le vide
Au fond de tout ;

Puisque rien ne repose
L'esprit humain ;

Que l'air jette la rose
Par le chemin ;

Puisque l'hiver farouche
Prend les beaux jours;
Que le bonheur qu'on touche
S'enfuit toujours ;

Puisque Octobre ôte aux plaines
Les verts gazons ;
Qu'il ravit aux grands chênes
Ombre et chansons ;

Puisque la fleur si fraîche,
Quand l'aube luit,
Se fane et se desséche,
Quand vient la nuit;

Puisque la feuille tombe
Au vent du Nord;
Que tout va vers la tombe
Qu'ouvre la mort ;

Puisque l'onde trompeuse
Perd le vaisseau;

Que la fosse se creuse
Près du berceau ;

Puisque toutes les voies
Ont leurs douleurs,
Et qu'au fond de nos joies
Gisent les pleurs ;

Puisqu'aussi chaque épine
Garde un lambeau
De l'homme, qui chemine
Vers le tombeau ;

Puisqu'ici-bas personne
N'est en son lieu ;
Que toute heure qui sonne,
Sonne un adieu ;

Puisque le temps sépare
Parents, ami ;
Qu'il refuse, en avare,
Des biens promis ;

Puisque l'âme en ce monde
Ne peut trouver

Une pure et fraîche onde,
Où s'abreuver ;

Puisque tout est tristesse,
Peine et souci ;
Qu'il n'est rien qui nous laisse
En paix, ici ;

Puisqu'il est une vie
Close au malheur,
Où l'âme est assouvie,
Par le bonheur ;

Elevons plus haut nos pensées !
Au-dessus de ce grand désert,
Il est pour les âmes lassées
Un éternel repos d'ouvert !
Plions sans regret notre tente !
Amis, notre âme palpitante
Aspire à des plaisirs sans fiel.
Dans cette terrestre vallée,
Elle souffre comme exilée,
Car notre âme est fille du ciel !

Homme en voyage,
Reprends courage,
En ton chemin !
Car s'il est sombre,
Ton Dieu dans l'ombre
Te tend la main !

Voici l'aurore,
Qui déjà dore
Ton horizon;
Une main forte
Ouvre la porte
De ta prison !

C'est la foi
Qui crie :
— Lève-toi !
Patrie ! —

Août 1859.

## TOUT CE QUI RELUIT N'EST PAS OR.

*(Morceau écrit pour un concours.)*

« Tout ce qui reluit n'est pas or ! »
Cette vérité n'est pas neuve ;
Chaque jour en fournit la preuve,
Et vous la demandez encor !

Eh bien ! laissez-moi vous conter
Comment un certain jour sur l'herbe,
J'expérimentai le proverbe
Que vous donnez à méditer.

C'était en mai ; j'étais enfant,
Et léger comme l'hirondelle,
Je courais sur l'herbe nouvelle,
Malgré que l'air fût étouffant.

Quand tout à coup dans le lointain
Je crus voir *fleurir une bourse* ; (*)
Riche d'espoir, je prends ma course;
Au risque d'en perdre la main,

Je saisis le brillant trésor !
Ce n'était qu'un peu de... rosée,
Larme par la nuit déposée:
« *Tout ce qui reluit n'est pas or !* »

Avril 1862.

---

(*) Nous avons entendu raconter dans certains villages des Vosges que les trésors enfouis dans le sol se montrent souvent vers midi lorsque le soleil brille, et qu'il est facile alors de s'en emparer. Inutile d'ajouter que ceux qui débitent ces fables ne peuvent citer le nom d'une seule personne qui se soit enrichie de cette manière.

## TABLEAUX VIVANTS.

« Mais quoique l'esprit soit dans les hommes, c'est l'inspiration du Tout-Puissant qui les rend intelligents. »
(JOB XXXII, 8.)

Oh! que les hommes sont étranges!
Ils ont des torrents de louanges,
De l'or, des titres, des honneurs,
Pour éterniser le génie
Du faible artiste qui manie
Avec talent quelques couleurs!

Devant un froid tableau, une toile fidèle,
On les voit en extase, on les voit s'émouvoir;
Mais que sur leur chemin se trouve le modèle,
Ils sont indifférents, et sans yeux pour le voir!

Ils sont pleins de respect quand leur bouche répète
Le nom du pauvre imitateur;
Ils ne savent plus rien, et leur bouche est muette
Devant l'œuvre du Créateur!

Et pourtant autour d'eux la nature déploie
Ses incomparables beautés!
Et de sa main royale elle jette une joie
Dans ses moindres réalités!

A nous de la saisir, d'en pénétrer les charmes,
De la savourer à longs traits;
A nous de l'arroser des ineffables larmes
Qu'arrachent ses secrets!

Mais où veux-je en venir? A cette simple histoire,
Qui m'a profondément ému;
— Elle est vraie en tous points: vous pouvez donc la croire —
Amis, voici ce que j'ai vu:

C'était un beau matin, tôt dans la matinée,
J'avais dans mon jardin achevé ma tournée,
Quand, cherchant à l'entour quelque amical bonjour,
Je rentrais lentement dans mon humble séjour.

J'étais dans cet état de douce rêverie
Qu'on goûte le matin en retrouvant la vie;
Et mes regards erraient de la terre au soleil,
Et de mes dahlias à l'églantier vermeil.
Je sentais Dieu partout. Lors, mon âme en prière
Montait libre et joyeuse au sein de la lumière,
Déposant humblement aux pieds du Roi des cieux,
Avec l'hymne d'amour, mon hommage et mes vœux.

Je m'arrêtai pensif sous la fenêtre,
Laissant aller mes vagabonds esprits,
Lorsqu'à mes yeux soudain je vis paraître
Un doux tableau, dont je restai surpris.

Sur la porte de deux maisons du voisinage,
Deux femmes, paraissant dans la force de l'âge,
Tenaient entre leurs bras chacune un jeune enfant.
Ces groupes présentaient un contraste frappant.
Ici, sur les genoux d'une heureuse du monde,
Un bel enfant, teint frais et chevelure blonde,
Dormait paisiblement dans sa robe de lin:
On eût dit le sommeil d'un petit chérubin.

La mère souriait à l'enfant blanc et rose
Dont la bouche semblait gazouiller quelque chose;
Et mon regard parfois pensa la voir oser
Réveiller son enfant par un joyeux baiser.

Là, de quelques haillons abritant sa misère,
Un sac à son côté, muette, l'autre mère,
Au regard suppliant, indécis et craintif,
Embrassait son enfant pâle, infirme et chétif.
A travers les lambeaux, le pauvre petit être
Laissait son frêle corps estropié paraître.
Ignorant de son sort, ne vivant que d'amour,
Il paraissait heureux et souriait au jour.
A sa mère, qui l'étreignait avec tendresse,
Le petit, en riant, faisait mainte caresse;
Sur le cou maternel ses petits bras croisés,
L'enfant à sa maman donnait mille baisers.
Il semblait qu'oubliant leur commune indigence,
Et d'un métier honteux la cruelle exigence,
Ils eussent tout à coup vu briller à leurs yeux
Des jours tout pleins d'espoir et de destins heureux.

Ils s'aimaient ! Ce bonheur que le Seigneur refuse
Au riche bien souvent, crainte qu'il n'en abuse,
Il remplissait ces cœurs, il apaisait la faim
De ces deux mendiants, sans asile et sans pain !

— Quelle est la plus heureuse? alors fis-je en moi-même,
La riche ou celle-ci? Qu'importe, chacune aime,
Est aimée, et l'amour est le bonheur suprême !
A ce trésor du moins le pauvre peut puiser.
Il n'est point de douleur qu'il ne puisse apaiser.
Là, du Seigneur l'amour, la sagesse se montrent ;
Là, le riche et le pauvre ici-bas se rencontrent.
Dieu n'a fait qu'un bonheur pour tout le genre humain !
Et le pâtre qui boit l'eau pure dans sa main
Y trouve une saveur que peut-être il préfère
A la coupe où dans l'or le roi se désaltère !

4 Octobre 1860.

## LE BONHEUR.

« Le bonheur ! le bonheur ! » me disait un ami,
Tandis que sous nos pieds le village endormi
Pointait à travers la nuit sombre ;
« Le bonheur ! tout poëte ici-bas l'a chanté,
« Mais le plus beau pour moi, même le plus vanté,
« Me l'a toujours laissé dans l'ombre ! »

Et nous allions rêvant, l'un sur l'autre appuyés,
A travers les sentiers et les champs dépouillés,
— Car octobre attristait la terre, —

Nos cœurs dans le silence aspiraient à longs traits
Le calme d'un beau soir et les tendres secrets
Que la nuit emprunte au mystère.

Nous étions arrivés sur le seuil d'un réduit
Isolé dans la plaine, et, sans faire de bruit,
A notre appel la porte cède.
Un homme à cheveux blancs gisait sur un grabat,
C'était un vieux guerrier à son dernier combat,
Seul auprès de l'âtre encore tiède.

En nous voyant entrer, cet homme à demi-mort
Fit pour se soulever un inutile effort,
Car il retomba sur sa couche !
Mon ami s'élança et lui saisit la main,
Y glissa quelque chose, et lui dit : — A demain ! —
Un sourire effleura sa bouche.

« Le bonheur ! le bonheur, me dit-il en sortant,
« Moi je le trouve ici plus qu'ailleurs, et, partant,
« J'y viens chaque soir à cette heure ;

« Auprès de ce vieillard sans force et sans soutien,
« J'apprends que le bonheur seul digne du chrétien,
« C'est d'aimer son frère qui pleure ! »

Septembre 1861.

## UN RAYON DE SOLEIL.

(HISTORIQUE.)

« Le jour de la mort vaut mieux que celui de la naissance. »
(ECCLÉSIASTE, VII, 1.)

Quelle heure est-il, mère chérie?
Est-il nuit ou bien fait-il jour?
Réponds-moi vite je t'en prie!
— Bientôt midi; dors, mon amour!
— Oh! non, maman, causons ensemble!
J'ai dormi longtemps, il me semble,

Et j'ai fait des rêves si beaux!
Mère, entr'ouvre un peu les rideaux?
Là! Que c'est donc beau la lumière!
Et quoique ma faible paupière
Se refuse presque à s'ouvrir,
Je veux cependant en jouir!
— Veux-tu boire, cher petit ange?
Il te reste encor une orange:
Tiens, suce! cela fait du bien!
— Merci, je n'ai besoin de rien!
Mais permets-tu que je la donne
Au voisin George? Il n'a personne
Qui l'aime et le soigne bien, lui!
Je voudrais qu'il l'eût aujourd'hui!
— Bien-aimé! que Dieu te bénisse!
Il l'aura dès ce soir! Et puisse
Ton envoi lui faire plaisir!
Car tu ne pouvais mieux choisir!
Le vieux George est seul sur la terre;
Il était l'ami de ton père;
Il lui fit connaître Jésus;
Et c'est aussi lui qui, de plus,

Quand tu commenças à comprendre,
Forma ta bouche jeune et tendre
A chanter le nom du Sauveur.
— Oh! oui, ma mère, quel bonheur!
Le cantique du voisin George,
Chante-le moi! ma pauvre gorge
Ne laisse plus sortir ma voix!
Chante, maman! — Une autre fois,
Quand tu sera guéri! — Oui, mère,
Au ciel, au ciel, avec mon père!
Sais-tu qu'en dormant, je l'ai vu?
A ma rencontre il est venu;
Il disait des choses si belles!
J'ai cru voir qu'il avait des ailes;
Son visage était lumineux;
Ah! comme il paraissait heureux!
Derrière lui, de grands portiques,
Retentissaient d'airs magnifiques;
Des anges volaient en chantant,
Couverts d'un habit éclatant,
Autour d'un admirable trône;
Chacun portant une couronne,

Qu'il jetait aux pieds du Seigneur,
En disant : — Force, gloire, honneur,
« Grâce, puissance, amour, sagesse,
« Louange, pouvoir et richesse
« A l'Agneau qui fut mis à mort ! —
J'ai voulu courir . . . vain effort !
Mon père a dit : Dans quelques heures,
Tu verras ces belles demeures :
Je ne puis encor te toucher,
Mais j'irai bientôt te chercher !
Alors, j'ai tout vu disparaître.
O ma mère ! ouvre la fenêtre !
Quel beau soleil ! Pourtant j'ai froid !
Tu pleures, mère? Embrasse-moi !
Elle s'inclina sur la couche ;
L'enfant mit la main sur sa bouche :
— Ecoute ! qu'est-ce que j'entends ?
« On m'appelle . . . je vais . . . attends !
Et la pauvre mère angoissée
Sentit une sueur glacée
Sur le front de son bien-aimé,
Lequel était inanimé !

Elle restait anéantie,
Mais la jeune âme était partie!
Le dernier rayon de soleil
Eclairait ce dernier sommeil!

Octobre 1861.

## CHANSON DE L'EXILÉ.

«Oh! si nous savions toutes les surprises qui nous attendent là-haut!»
(Mme DE G***)

Nous serons si bien dans le ciel!
Quelle précieuse espérance!
Ni le péché, ni la souffrance
N'y feront plus sentir leur fiel.
Nous jouirons avec les anges,
D'un bonheur pur de tous mélanges:
Nous serons si bien dans le ciel!

Nous serons si bien dans le ciel!
Nous verrons Jésus face à face !
Nous n'y rencontrerons plus trace
De Satan, le tyran cruel;
Pour jamais hors de ses atteintes,
Libres de regrets et de craintes,
Nous serons si bien dans le ciel!

Nous serons si bien dans le ciel!
Le Seigneur, essuyant nos larmes,
Nous fera savourer les charmes
D'un printemps toujours éternel!
Au sein d'inexprimables joies,
Il nous expliquera ses voies:
Nous serons si bien dans le ciel!

Nous serons si bien dans le ciel!
Là, ceux qu'en Jésus nous aimâmes,
Et qu'en pleurant nous déposâmes
Dans la tombe, où va tout mortel,
Nous les reverrons — ô victoire! —
A l'Agneau rendant toute gloire:
Nous serons si bien dans le ciel!

Nous serons si bien dans le ciel!
Formant des concerts magnifiques,
Nos voix, en sublimes cantiques,
S'uniront au chœur éternel!
Aimant Dieu comme Dieu nous aime,
Et saints comme il est saint lui-même,
Nous serons si bien dans le ciel!

Nous serons si bien dans le ciel!
Vous qui pleurez, prenez courage!
Bientôt au céleste rivage,
Réunis près d'Emmanuel,
Nous verrons se finir nos peines,
Et se briser toutes nos chaînes:
Nous serons si bien dans le ciel!

## LES VACANCES.

*(D'après une traduction de Thackeray.)*

J'aime à voir un brave écolier,
Libre de son gênant collier,
S'ébattre et jouir des vacances!
La famille avec ses douceurs,
Les caresses des jeunes sœurs,
Sont ses plus chères récompenses.

Voyez-le, comme il est heureux,
Cet adolescent vigoureux!
Son œil étincelle et flamboie!

Aimable, poli, prévenant,
Il communique à tout venant
Un rayon de sa propre joie.

On voit resplendir sur son front,
Noble et vierge de tout affront,
La jeunesse au riant cortége.
Ardent, actif, reconnaissant,
Il réjouit en jouissant;
Quel admirable privilége!

Tandis que le printemps fleurit,
Que tout ici-bas vous sourit,
Joyeux esprits, chantez sans cesse!
Tandis que le soleil sur vous
Verse ses rayons les plus doux,
Fleurissez, fleurs de la jeunesse!

16 août 1863.

## A LA POLOGNE.

« Et l'écho menaçant par l'écho répété
« Rédit de monts en monts avec de sourds murmures :
« Liberté ! Liberté ! »
*(Serment des trois Suisses.)*

Pologne, à toi respect! respect à ton martyre!
O sainte mère de douleur !
Le monde haletant te contemple et t'admire,
Confondu de tant de valeur!

En vain l'infâme tyrannie
Se désaltère dans ton sang;

Du sein de ta longue agonie,
Tu lèves un front menaçant;
— Lazare a rompu ses entraves! —
La Pologne n'a plus d'esclaves,
Elle n'a plus que des héros;
Femmes, enfants, tout se soulève!
Une faux, à défaut d'une glaive,
Va la venger de ses bourreaux!

En vain, pour la remettre aux chaînes,
Les sauvages hordes du Nord
Vont transformer ses riches plaines
En champs de carnage et de mort;
Aux cris de la mère-patrie,
Qui, sanglante et toute meurtrie,
Se débat sous son assassin,
Soudain tout un peuple s'élance,
Pour aider à sa délivrance
Ou s'ensevelir dans son sein!

En vain le fer et l'incendie
Promènent partout la terreur;

La lutte, sans cesse agrandie,
Prend chaque jour plus de vigueur!
En vain le meurtre et le pillage
Traquent de village en village
Les débris d'un peuple martyr;
Pour un défenseur qui succombe,
Il en sort quatre de sa tombe,
Fiers de combattre et de mourir!

Courage, ô nation sublime!
Ton supplice enfin cessera:
De hacher la même victime,
Va, le bourreau se lassera!
Tandis que l'Europe craintive,
Dans sa compassion oisive,
Te suit d'un regard impuissant,
Toi, tu poursuis la lutte immense,
D'où doit sortir ta délivrance,
A travers des fleuves de sang!

Rien ne sera perdu de tant de sacrifices,
Pour les âges futurs si féconds en bienfaits.

Tes enfants leur devront des destins plus propices
Et l'histoire à jamais redira tes hauts faits!
Les peuples recueillant les fruits de ton martyre,
Avec un saint amour répéteront ton nom;
Et dans un peuple entier qui pour son droit expire,
Ils verront ce que vaut la force du canon!

23 août 1868

## LA CHANSON DU DRAPIER.

« Un cœur joyeux vaut une médecine. »
(*Proverbe de Salomon.*)

Je suis drapier! C'est là ma gloire,
C'est mon bonheur d'être drapier!
Compagnons, vous pouvez m'en croire,
Nous avons un noble métier!

Nos produits font le tour du monde ;
Ils entrent aux palais des rois.
O mes amis ! joignons nos voix,
Et répétons tous à la ronde :
Je suis drapier !
C'est un noble métier !

Je suis drapier ! si la richesse
N'est point mon partage ici-bas,
Je ne connais point la tristesse
Qui la suit trop souvent, hélas !
Les vrais trésors, je les possède :
C'est le travail et la santé ;
J'y trouve de plus la gaîté,
Qui me tient lieu de maint remède.
Je suis drapier !
C'est un noble métier !

Je suis drapier ! Quand sonne l'heure
Qui vient suspendre mes travaux,
Je retrouve dans ma demeure
Des plaisirs purs toujours nouveaux !

Lorsque entouré de ma famille,
Je m'assieds au repas du soir,
Si dans nos yeux vous pouviez voir
Le contentement qui pétille !
    Je suis drapier !
    C'est un noble métier !

Je suis drapier ! Va, ma compagne,
Ma fidèle navette, en train !
Il faut que chaque jour je gagne
Pour les miens le gîte et le pain !
Avec toi ma docile amie,
Je ne crains pas les mauvais jours ;
Et je pourrai chanter toujours,
Tant que Dien me prêtera vie :
    Je suis drapier !
    C'est un noble métier !

30 août 1863.

## SÉPARATION.

Vers éclos dans ma solitude,
Pauvres petits oiseaux craintifs,
Pourquoi cet air d'inquiétude?
Pourquoi ces cris tristes et plaintifs?
Vous grelottez, vos faibles ailes
S'agitent frileuses et frêles;
Vous vous accrochez à ma main!
Enfants, la frayeur vous égare,
Car le moment qui nous sépare,
Oh! vous le bénirez demain!

Vous si jeunes et si débiles,
Me croyez-vous assez cruel
Pour vous livrer, êtres fragiles,
A l'aquilon souvent mortel?
Non, non! cessez votre détresse!
Ceux à qui mon cœur vous adresse
Sont simples et droits comme vous.
Amis, je vous dis : Du courage!
Adieu! bon espoir! bon voyage!
Et que l'avenir vous soit doux!

Décembre 1864.

BISCHWILLER, IMPR. TYP. DE FR. POSTH.

www.ingramcontent.com/pod-product-compliance
Ingram Content Group UK Ltd.
Pitfield, Milton Keynes, MK11 3LW, UK
UKHW031905260826
14628UKWH00002B/992

9 782019 966003